JEAN BONHOMME

JEAN BONHOMME

Aux boucheries de Paris je n'étais qu'acheteur,
On m'y mène en victime, maintenant j'en ai peur.

BRUXELLES
OFFICE DE PUBLICITÉ
IMPRIMERIE DE A.-N. LEBÈGUE ET COMPAGNIE
RUE TERRARCKEN, 6.

1870

JEAN BONHOMME

Aux boucheries de Paris je n'étais qu'acheteur,
On m'y mène en victime, maintenant j'en ai peur.

La guerre est à la politique ce qu'est à la médecine
une opération chirurgicale : un mal ayant pour motif
la suppression d'un mal plus grand. Autant on
admire l'habile opérateur, pouvant en quelques
secondes de moins qu'un autre obtenir un résultat
qui sauve la vie ou prolonge l'existence, autant l'on
doit toute son admiration à l'habile gouvernant qui,
par une guerre promptement et habilement dirigée,
amène des résultats heureux et décisifs dont le but
sera de tirer une nation d'un marasme mortel ou de
lui permettre de croître en pleine vigueur.

Mais que dirait-on d'un médecin qui ferait une

opération chirurgicale inutile, dans le cas où elle ne
pourrait amener aucun résultat, ou non nécessaire,
dans le cas où le patient pourrait être guéri par les
remèdes ordinaires? Il n'y a pas une voix qui ne
s'élèverait contre cet inhabile docteur, et il n'y a pas
une famille qui n'appellerait en garantie et n'obtien-
drait des tribunaux une juste indemnité pour la
cruelle indifférence ou pour l'ignorance coupable de
cet homme.

Eh bien, mes chers compatriotes, c'est ce qui nous
est arrivé. L'Empereur, mal conseillé, a commencé
une guerre qui n'était pas nécessaire ; il l'a mal con-
duite ; il nous a laissés après Sedan affaiblis et san-
glants ; il fallait que la régente, son *alter ego*, qui
s'était cru le talent nécessaire pour le remplacer, mit
de suite fin à cette guerre, qui devait inutilement
épuiser nos forces. Il était temps alors ; il fallait avoir
le courage de reconnaître sa faute et ne pas essayer
de la cacher en l'augmentant davantage, dans l'espé-
rance d'un succès trompeur. Oui, cela, honnêtement,
il fallait le faire, fort de votre conscience et quelles
qu'en pussent être pour vous les conséquences.

Non : vous n'avez pas eu la réelle bravoure ; vous
avez craint la calomnie que tout cœur bien placé
doit dédaigner ; vous avez, comme le médecin qui
déserte son poste en faisant dire qu'il est absent,
laissé tranquillement s'accroître notre mauvaise posi-

tion, et cependant c'était sur vous seule que nous pouvions et que nous devions compter. En votre gouvernement à tous deux, à tort ou à raison, nous avions mis notre confiance, et vous n'avez pas su dignement y répondre. Vous n'avez pas été à la hauteur de votre tâche. Ah ! pour vous les regrets et les remords ; nous tâcherons de vous oublier.

Maintenant, que vous dire à vous, misérables empiriques, qui êtes venus vous ruer autour du lit du pauvre Jean Bonhomme et qui, de malade qu'il était, l'avez en trois mois amené presque à l'agonie? Arrière! il faut qu'à coups de fouet l'on vous chasse de sa maison : l'absence des remèdes de jongleurs et de charlatans tels que vous suffira pour que lentement ses forces reviennent.

Quoi! mes chers compatriotes, il n'y a pas un seul de nous qui voudrait confier ses vieilles chaussures à réparer à un journaliste et sa vache malade à un avocat, et qui, dans le cas où soit le savetier, soit le vétérinaire de contrebande, voudrait à toute force faire son apprentissage sur notre propriété, ne le chasserait honteusement. Ne pensons-nous donc pas que la direction d'un grand pays comme le nôtre demande, pour être bien faite, un apprentissage aussi long que celui nécessaire pour devenir un bon cordonnier? Croyons-nous que la profession de directeur suprême d'un grand État puisse s'improviser ?

Devons-nous ainsi laisser l'absolue disposition de notre famille, de nos propriétés, de tous nos biens, de nous-mêmes à ceux auxquels nous ne confierions pas le soin des objets, à nous appartenant, de la plus minime valeur? Ah! levons-nous tous et crions-leur: « Arrêtez! malheureux; qu'avez-vous fait? Par quel immense et fol amour-propre vous êtes-vous arrogé le droit d'agir pour nous? Pensez-vous, à une douzaine que vous êtes, avoir plus d'esprit, de talent, de jugement que quarante millions de vos concitoyens, que vous semblez juger ainsi incapables de se gouner eux-mêmes? » On comprend que dans certains cas l'on dise : nous sommes responsables de nos actes; mais cela ne vous est pas possible, à vous. Est-ce que vos misérables fortunes et vos chétives existences peuvent entrer en balance avec nos provinces désolées, ravagées, ruinées? Est-ce que nos maisons incendiées, nos fils que vous avez fait tuer, nos femmes, nos sœurs, nos mères et nos pauvres petits enfants qui sont morts dans les bois, soit de faim, soit de maladies causées par le froid et les privations; dites-nous, pensez-vous que mille existences comme les vôtres pourront nous les payer? Une fois que la terreur que vous avez su imposer à la France sera apaisée, cinquante ou cent de nous vous poursuivront justement, vous, les vôtres et ceux qui ont fait exécuter vos ordres; ils pourront peut-être se croire ainsi vengés ; mais les milliers et les milliers de vos autres victimes n'auront même pas cette triste compensation.

A Sedan, nous avions été vaincus ; il fallait, puisque vous vouliez nous sauver, savoir le faire hardiment. Vous eussiez dû consulter nos généraux et ceux de nous qui ont la confiance de leurs concitoyens; il fallait, de plus, prêter une attention sérieuse à ce que les hommes d'État et la presse désintéressée de tous les pays de l'Europe, mieux renseignée que la nôtre, vous conseillaient : tous vous disaient que nous étions, pour le moment, complétement incapables de nous relever de notre défaite. Le gouvernement précédent avait fait une guerre malheureuse : c'était à la nation à en subir les conséquences. C'est l'histoire de tous les temps; toujours le vainqueur impose au vaincu sa volonté, qu'il est obligé de subir, jusqu'à ce que plus tard, ses forces revenues, une occasion se présentant, il croit devoir, s'il le juge avantageux, la fouler aux pieds. On comprend qu'un souverain puisse, dans l'intérêt de sa dynastie, craindre de signer une paix désastreuse; mais pour vous qui vouliez fonder la République (1), vous ne deviez pas

(1) Jamais pareille occasion ne se présentera : tous les malheurs présents et leurs conséquences forcées eussent été par chacun attribués au gouvernement précédent ; la République arrivait nette de tout compte à son début ; elle ne devait rien, même à ses partisans.

avoir la même crainte; tout au plus, si vos concitoyens étaient injustes, vous qui aviez signé, la tête
haute et la conscience satisfaite, vous disparaissiez,
mais l'institution restait, et pour vous, hommes de
conviction, vos rêves ne se trouvaient-ils pas réali-
sés? Car s'il y a quelque chose de beau en théorie,
dans cette forme de gouvernement, c'est que les
hommes qui dirigent ne sont rien, mais que l'Idée
qui domine, suprème, trouve toujours d'autres hóm-
mes pour la mettre en pratique et la perfectionner.

Notre richesse industrielle se ressentait encore il y
a quelques années des conséquences de l'Édit de
Nantes; il y a dans certaines villes d'Europe des
industries entières qui, depuis cette époque désastreuse, y fleurissent et nous y font une rude concur-
rence. Eh bien, ces trois derniers mois seront, pour
beaucoup de nos nouvelles branches de commerce,
une répétition de cette calamiteuse époque : nos
fabriques détruites, nos manufacturiers ruinés,
notre crédit perdu, nos plus habiles artisans expul-
sés ou attirés par l'or des fabricants étrangers, ont
déjà permis aux nations voisines d'exporter, en notre
lieu et place, une foule de produits dont nous étions
les producteurs exclusifs, et l'Allemagne fabrique
maintenant l'article de Paris lui-mème à un prix où
il nous sera plus tard difficile de soutenir la concur-
rence. Une grande source de notre richesse nationale

tarie sera certainement la conséquence, non de la défaite de nos armées, mais de ces trois mois de suspension de toutes les forces vitales de notre pays, et ce ne seront pas des années mais des siècles qui pourront seuls les effacer.

Un homme se jette à la mer : ne dois-je pas, nous direz-vous, essayer de le sauver, même malgré lui? Ah! si vous nous aviez sauvé, oui, les hommes de tous les partis vous eussent bénis ; vous eussiez été des personnages d'un génie supérieur, et vous passiez à la postérité: le succès vous donnait gain de cause. Je vous le dirai franchement, c'est cette crainte d'empêcher un succès possible qui a fait que moi et les hommes énergiques de tous les partis n'avons pas osé vous entraver et vous renverser, car toujours nous nous sommes dit : mais, cependant, ils n'oseraient faire tout ce qu'ils font s'ils ne croyaient avoir une chance de réussir que nous ignorons. Car pour chasser les Prussiens de notre pauvre pays, il n'y a pas un Français digne de ce nom, impérialiste, légitimiste, orléaniste ou républicain qui, pour arriver promptement à ce résultat inespéré, n'eût vu avec bonheur prendre le pouvoir par un parti contraire au sien. Je parle des hommes de parti ; mais en France, sur cent personnes, il y a quatre-vingt-quinze de nous qui ne sont d'aucun parti et sont seulement des Français. Jugez ce que vous eussiez été pour cette immense majorité. Quand un homme se jette à la mer, si celui qui s'est improvisé lui-même capitaine s'y précipitait aussitôt, et qu'au péril de sa vie il parvint à le sauver, ce serait grand et beau ; mais que diriez-vous de lui si, pour tirer ce malheureux du danger, il exposait à une mort certaine une chaloupe chargée d'une partie de l'équipage; que, de plus, cette première chaloupe naufragée, il fît, avec aussi peu de chances de succès, descendre dans une seconde chaloupe le restant de ses matelots, et si, par un hasard inespéré, il parvenait à sauver cette existence qui lui coûte déjà vingt existences, pensez-vous qu'il aurait raison de se féliciter et que ses hommes lui devraient de la reconnaissance? Eh bien! franchement, arriveriez-vous maintenant à sauver les provinces qu'un ennemi vainqueur exigeait de nous, vous seriez pour beaucoup dans la position de ce capitaine : tous les intéressés, et ils se comptent par millions, diraient, à tort peut-être, que le jeu n'en valait pas la chandelle.

Vous ne vouliez pas de l'armistice; vous ne vouliez pas des élections; vous ne vouliez pas d'une Constituante; vous ne vouliez pas consulter le peuple; enfin, vous vouliez rester nos maîtres. Eh bien! il faut que cela finisse; de grands événements vont se passer d'ici à quelques jours; l'armée de la Loire va être malheureusement écrasée par des forces supérieures, mieux armées, mieux exercées et mieux commandées que les nôtres : ceci est un résultat presque inévitable; nous avons trois chances sur cent pour que le contraire arrive. Paris, qui compte sur cette armée de secours, peut essayer, par un amour-propre mal placé et que bien des familles désolées maudiront longtemps, de faire massacrer des milliers de ses enfants par les batteries ennemies qui les mitrailleront froidement et les refouleront dans ses murs. Ensuite, qu'arrivera-t-il? Un désastre triple de celui de Sedan et de Metz. Quatre cent cinquante mille hommes, les forces vives de la France, mettront bas les armes et se rendront à discrétion. Eh bien! alors il y aura dans Paris un abattement profond, une stupeur immense, une absence complète de tout gouvernement : tout le monde se rattachera à la moindre lueur de repos ; nous croirons choisir notre gouvernement, ce sera Bismark et les Prussiens qui nous le choisiront (peut-être n'en serons-nous pas plus malheureux pour cela). Pour traiter avec l'ennemi, il faudra qu'il se forme à Paris une Commission municipale provisoire avec laquelle il consentira à entrer en rapport et d'une façon incidente et détournée.

Avec quel parti sera-t-il plus avantageux de traiter pour le gouvernement prussien? Ils seront trois en présence :

1° Le *gouvernement républicain*, vaincu, sera hors de question;

2° Le *gouvernement impérial*, cause de la guerre et de nos défaites, sera bien difficile sinon impossible à rétablir en France, pour le gouvernement prussien et pour beaucoup de gens sensés, qui supposent qu'en France il est impossible d'avoir la tranquillité avec un gouvernement parlementaire ayant des ministres tous à la merci des députés, qui sont par là maîtres des places et de l'administration. Le gouvernement impérial autoritaire, avec la Constitution de 1852, aurait sa raison d'être sous une minorité et une lieutenance générale ferme et résolue, dans le cas où l'Empereur croirait devoir abdiquer. Ce serait le gouvernement, pour eux, qui pourrait le plus facilement empêcher les passions anarchiques de se faire jour en France et, plus tard, de s'étendre sur les pays voisins. Si l'on consultait les gouvernements de l'Europe et qu'ils considérassent non leur sympathie mais leur intérêt bien entendu, ce serait cette forme de gouvernement qu'ils choisiraient probablement pour nous;

3° Le *parti légitimiste*, fusionné avec le *parti orléaniste*, qui permettrait aux deux branches des Bourbons et des Orléans d'arriver successivement au trône. A ce gouvernement se rattacheraient beaucoup de personnes influentes par leur richesse, leur

position de propriétaires du sol et l'estime dont elles
sont justement entourées. Le seul reproche que pour-
raient lui faire les gouvernements étrangers, c'est
que l'essence même de son existence passée serait
d'être un gouvernement représentatif, avec des ministres toujours préoccupés de combattre les oppositions, de préparer des discours et de défendre leurs
portefeuilles au lieu de s'occuper exclusivement de
l'administration et des affaires du pays. Il aurait bien
pour arme défensive une Constitution ou Charte,
acceptée par les citoyens ; mais elle serait, comme
toujours, battue en brèche par les oppositions par-
lantes et envahissantes, jusqu'à ce qu'elle fût complétement effondrée, ce qui provoquerait un autre
bouleversement social dont tous nos voisins ressenti-
raient le contre-coup et auraient à se défendre. Évi-
demment, les princes qui reviendraient ainsi ont tous
su, comme particuliers, mériter l'estime générale,
même celle de leurs opposants. Comme Français, ils
ont, avec une noble abnégation, fait toujours bon
marché de leurs intérêts particuliers ; comme princes,
ils sont aimés de tous les gouvernements. Il faudrait
qu'ils fussent armés par nous, dès les commencements,
d'une autorité suffisante pour dominer la position si
difficile qui sera faite à tout gouvernement pendant
les premières années. Il est vrai que, quelque dra-
coniennes que seront, contre la presse et les opposi-

tions, nos lois à l'avenir, le gouvernement de ces quelques mois nous a habitués à des arrêtés et des décrets si exorbitants, qu'elles nous sembleront douces, en comparaison, et que les partis ne pourront jamais se plaindre de leur rigueur sans qu'on puisse avec raison les leur opposer. Quant aux marquis ridicules de l'ancien régime, ils sont tous bien morts, et l'on ne doit rien à leurs fils; qu'ils nous laissent en paix. **M.** le duc est directeur d'une Compagnie, **M.** le comte gère ses terres lui-même; grand bien leur fasse! Mais les places ne doivent appartenir qu'à ceux qui peuvent et qui veulent les remplir dignement, quelle que soit leur origine. Les fonctionnaires devront être diminués d'un grand tiers et l'armée de moitié, au fur et à mesure des vacances par décès et retraite, car notre budget, même avec les nouvelles charges que cette malheureuse année de 1870 nous imposera pour longtemps, devra être moindre parce que nos ressources le seront.

En présence de ces trois partis, que fera le gouvernement prussien? Sans paraître en rien s'immiscer dans nos arrangements intérieurs, il s'arrangera de manière que, sans nous en douter, nous trouverons toute nommée et toute installée au Luxembourg une commission formée de douze à vingt membres dont la majorité sera composée de personnages bien disposés pour le parti que lui conviendra le mieux;

immédiatement tous les ambitieux, tous les gens qui désirent des places, tous les partisans de ce parti, toutes les personnes désintéressées ou plutôt intéressées au rétablissement de l'ordre se mettront en campagne; ils feront assaut d'efforts : en moins de trois semaines d'armistice forcé, tous les gens fatigués et qui en France désirent la paix se mettront à la remorque de ce parti, qui sera élu par nous à une immense majorité, comme notre gouvernement, ayant mission de signer la paix, avec rectification des frontières, au nom du peuple français. Et n'oublions pas qu'il y a une armée de trois cent mille hommes qui reviendra et dont les deux tiers prêteront leur appui au gouvernement qui sera élu, quel qu'il puisse être.

Au lieu de cela, que serait-il peut-être encore temps de faire? Afficher de suite, sans se préoccuper du résultat que, le dimanche 18 décembre 1870, dans toutes les communes de France, tous les Français majeurs voteront dans la commune où ils se trouveront, qu'ils auront deux *oui* à mettre sur un bulletin qui devra, à moins d'être nul, porter les cinq questions suivants :

1° Continuation de la guerre?

2° Paix avec rectification de nos frontières ?

3° Gouvernement impérial ?

4° Gouvernement légitimiste et orléaniste fusionné ?

5° Gouvernement républicain ?

(Plus de deux *oui* rendront le bulletin nul.)

Le gouvernement qui serait ainsi nommé mettrait à exécution les désirs de la nation quant à la paix ou à la guerre. Plus tard, une fois la paix signée, il réunirait une Constituante ou formerait une Commission chargée d'élaborer une Constitution et de la présenter à l'acceptation de la première réunion des Chambres qui aurait, en outre de son pouvoir législatif, le mandat spécial d'approbation. Dans un cas comme dans un autre, ce gouvernement aurait de suite une immense autorité, et tous les partis seraient forcés de s'incliner devant lui et de disparaître. Il suffirait de cinq jours d'armistice, du 17 au 22 décembre, jour de la proclamation des votes, et il est certain d'avance qu'il serait accordé sans même qu'il fût besoin de le demander. Il en serait de même de toute lettre ouverte qui aurait les élections pour objet et qu'il serait permis aux membres du gouvernement au dedans et au dehors de Paris d'échanger entr'eux. Les provinces envahies voteraient aussi facilement et aussi librement que les autres. Jusque-là on devrait, autant que possible, ménager la vie de nos concitoyens et se contenter de les avoir mieux préparés en cas de continuation de la guerre — résultat du vote que je crois improbable. Je suis sûr que, sans être signé, un armistice de fait se trouverait presque imposé pour les deux partis.

Si le gouvernement de la défense nationale se

refusait à mettre à exécution cette idée, que les journaux s'en emparent; que tous les citoyens individuellement s'entendent les uns les autres ; le vote ainsi obtenu le 18 décembre dans chaque commune, il sera bien forcé ensuite d'en faire le recensement par arrondissement et département et de le rendre public. Ne sommes-nous pas depuis trop longtemps un troupeau que la volonté de maîtres trop nombreux dirige où il leur plait, même à la boucherie?

Quand Jean Bonhomme veut, il faut qu'on lui obéisse.

E. V. REGNIER.

Sidmouth Lodge,
Parc road,
Richmond Hill
(Surrey, Angleterre).